스노볼을 흔들면
당신이 떠오르고

스노볼을 흔들면 당신이 떠오르고

2026년 4월 17일 초판 1쇄 인쇄
2026년 4월 27일 초판 1쇄 발행

지은이 | 박현덕
펴낸이 | 孫貞順

펴낸곳 | 도서출판 작가
　　　　(03756) 서울 서대문구 북아현로6길 50
　　　　전화 | 02)365-8111~2　팩스 | 02)365-8110
　　　　이메일 | cultura@cultura.co.kr
　　　　홈페이지 | www.cultura.co.kr
　　　　등록번호 | 제13-630호(2000. 2. 9.)

편집 | 손희 김치성 설재원
디자인 | 오경은 이동홍
마케팅 | 박영민
관리 | 이용승

ⓒ박현덕, 2026. Printed in Seoul, Korea.
ISBN 979-11-24095-40-9 03810

* 이 책은 전라남도 JeollaNamdo 와 전라남도 문화재단 Jeollanam-do Culture Foundation 후원을 받았습니다.

* 이 책의 판권은 지은이와 도서출판 작가에 있습니다. 양측의 서면 동의 없는 무단 전재 및 복제를 금합니다.
* 잘못된 책은 구입하신 서점에서 바꾸어 드립니다.
* 도서출판 작가는 (주)작가미디어의 단행본 브랜드입니다.

값 12,000원

작가기획시선 048

스노볼을 흔들면
당신이 떠오르고

박현덕 시집

작가

■ 시인의 말

언어의 집 창문을 열면
오래도록 따라오는 저물녘의 풍경들.

아늑한 섬들과 낮은 구름과
비릿한 바닷바람 냄새가 참으로 애틋하다.

나는 바다를 건너가는 목선 한 척.
언제나 달은 길잡이를 해주었으니
지금,
가슴팍을 내리치는 파도의 시편들을 엮으며
그 섬에 닿을 때까지 무릎을 껴안고
내일을 기다리련다.

2026년 봄
박현덕

차 례

시인의 말

1부

4부

해설

1부

국밥 그릇

가로등이 저물더니 세상도 고요하다
안전화를 대충 씻고 늦은 밥을 한술 뜬다
뼛속을 다녀간 바람,
숟가락에 올려지고

종이상자 택배처럼 저만치 던져지는
일용직 세상살이 한숨 섞인 비 내린다
바닥을 비운 국밥이
뜯겨나간 밑창 같다

어둠에 잠긴 식당 허름한 미닫이문
깔려있는 그을음이 아르르 저려 와서
웅크려 몸을 감싸며
내 어깨를 다독인다

난파선

몸이 반쯤 잠겨있는
잠 온다, 섬 언저리
흉흉했던 소문처럼
뒤통수나 후려치고
어둠결
몸을 찌르며
바람도 새가 된다

밤새 지친 마음 끌고
어디까지 다녀왔나
독설에 찬 세상살이
흔들리다 혼자 울고
이제는
슬픔까지도
제 깊이를 재고 있다

12월, 눈은 내리고

아주 성난 여자처럼
짠 소금 뿌리는 날

조각난 마음으로 흐느끼는 거리마다

카페 창
핸폰을 붙든 채 구애하는 너를 본다

나도 투명인간
어디로 몰래 숨어

시침과 분침 사이 추억이 된 문장을

은근히
물어나 볼까 챗지피티, 그에게

옛집에서 하룻밤

저물도록 눈 내려 옛집 등이 다 휘었다
누군가 찾아오길 기다린 흔적 같은
깊숙이 색바랜 방에, 혼자 불을 넣는다

공복에 속 아프다 서까래가 움찔대고
상처에 젖은 술병 하나 둘씩 비워져
굴뚝엔 영혼의 눈물, 하얗게 빠져나간다

그날 밤 꿈속에도 무장 눈이 내려 쌓여
백발의 어머니가 나를 가만 껴안는다
불러도 그리운 이름, 목이 메어 못 부르고

사막을 읽는 법
– 나미비아 빅 대디

바람 책을 넘기듯이 모랫바람 움직인다

첫울음 뜨겁도록 그 머리 짚고 앉아

한 톨씩 이름이 되어 잔물결에 휩싸인다

가슴 젖은 어제들이 붉은 산 밀어 올려

이토록 빈틈없이 행장을 기록하는데

창백한 낮달이 뜬다 절인 슬픔 언저리에

스노볼을 흔들면 당신이 떠오르고

추위에 떨면서도 겨울밤은 따뜻했다

하나씩 켜 든 성냥 기도를 올리지만

점점 더 늘어지는 밤
불씨는 풍등 된다

어둠 내내 폭설이라 발이 푹푹 빠지고

가로등 같은 가슴 불덩이는 타 올라서

눈송이 나비가 되어
어깨 위에 파닥인다

금요일의 퇴근버스

어제도 노래 불렀어 탈의실 벽 두드리며

기쁨 반 슬픔 반이 옆방으로 전해지도록

엉덩이 좌우로 흔들며
스프레이 뿌렸어

어쩜 좋아, 옆방 여공 손전화로 톡 날리고

어딘가 숨어있는 아지트를 검색해

흔들린 물음표 지우며
너와 나는 웃었어

공단을 흘러흘러 은행과 마트 지나

현재형 아지트에 놀이터를 만들며

금요일 불타는 하루
부서지게 휩쓸렸어

긴 뱀이 달아난다

날 저물자 시린 무릎 어김없이 아려온다

공장 일 마친 후에 담배를 길게 빨면

무섭게 밤을 업고서 하루가 지나간다

사랑하는 내 것들은 언제나 멀리 있지

해와 달이 지날수록 야위어 가는 얼굴

차디찬 바람의 몸도 미끄러져 나간다

오토바이 몰고 밤거리를

어둠 살짝 내려오고 가로등도 붉어지면
도시는 무언가를 꼼꼼하게 생각하듯
지난 생 더듬거리며 일제히 불을 켠다

아파트 불빛들도 시나브로 잠이 들 때
도로에 박혀있는 문장에 밑줄 긋듯
폭주족 굉음을 내며 바람에 올라탄다

도시의 골목들이 날갯짓 하는 사이
무성하게 자라나는 울음의 줄기처럼
어둠에 익숙해지는 섬망증이 무섭다

옥상에 올라 비눗방울을 불었다

온몸이 짜릿하게 시간을 어깨에 걸고
노크하는 어둠 곁에 익숙한 평상에 누워
낮 동안 먹다가 남긴
식빵 하나 뜯었다

망가진 하루만큼 하늘을 끌어당겨
페트병 비눗물로 여린 풀잎 흔들면
가엾은 나의 슬픔은
무지개로 부푼다

밤바람에 그 슬픔이 무너지지 않도록
입으로 방울방울 끝없이 불고 나면
어린 날 몇 조각 꿈이
쪼르르 달려온다

겨울 바다, 밤 8시

벌써 애저녁에 눈이 소복 내렸다

어둠 아래 방파제를 때리는 파도소리

하얗게 펼친 홑이불 먼 기억을 들춘다

민박집 흔들의자 무릎담요를 덮는다

가슴을 관통했던 기도마저 끊어지자

질겨진 마음 한쪽을 밤바다에 비워낸다

은발의 어머니가 물결 위로 걸어오고

기억은 찬밥처럼 헤식게 풀어지고

바람든 뼈마디 사이 파도 울음 들려오고

여름 빗소리는

마음이 집 밖으로 몰래 나가 빈집일 때

지난날 외로움에 한참이나 눈이 부어

슬픔을 반주하는 울음이 나지막이 흐느낀다

까맣게 타들어 간 가슴을 헤집으면

까닭 모를 그리움에 떠오른 노랫가락

새장 속 갇힌 새들도 빗줄기로 지저귄다

저녁 숲 새들처럼

병색 짙은 환자 방처럼 포비돈 자욱하고
그 어떤 압류딱지 수위를 낮출 수 없어
새들은 흩어진 빛을 꼭대기에 모아 둔다

냉정과 열정 사이 계절은 오고 가고
출처 없는 문장처럼 차가운 밤공기 속
돌아갈 곳이 있어서 마음은 얼지 않았다

밤 수면을 밟고 가는 새들의 날갯짓에
일제히 저녁 숲이 큰 물결을 일으키자
어둠이 통증을 참으며 조각달을 낳는다

자작나무숲에 내리는 눈

왁자지껄 눈 내린다 자작나무 우듬지에
바람이 씹어 뱉은 여백의 흰 말씀들
모든 걸 품어안으며 하늘 소리 듣는다

곤궁한 마음들이 어디로 나갔는지
술잔을 빼앗겨도 세상에 입 다물고
눈송이 언 가지 끝에 눈물로 매달린다

이제 더는 고요함을 사랑하지 않으리
흩어져 있던 슬픔 숲으로 불러들여
복판에 자리 잡은 울음 동그랗게 토해낸다

다시, 겨울바다

하염없이 눈이 내려 한 가슴 비워지고
포구에 정박한 채 나는 오래 울먹인다
뱃전을
때리는 파도
늑골 뼈가 시리다

이제 정녕 이별인가 바다에 귀 기울이면
꽃 피고 열매 거둔 무호흡 시간들로
늦저녁
정박등 켠 채
어둠을 덜어낸다

겨울은 날카롭다 살 베고 표창 던져
과묵하게 견딘 날들 시간조차 잃어버려
저 바다
내부로 들어가
나 말없이 서 있다

2부

상처도 꽃이 된다고

가으내 마음 우물 무장토록 깊어져서
혹독한 도시 생활 두레박이 빙빙 돈다
하루 끝 버스 유리창 옹색한 내 그림자

작업복에 내려앉은 시꺼먼 기억처럼
야근조 십 년째에 생각도 바래졌다
퇴근길 돼지국밥에 곁들인 소주 몇 잔

스프레이로 갈겨쓴 빛 좋은 행복 추구
귀 얇은 소문들을 술잔에 부어가며
꽃 필 날 있을 거라고 어머니께 띄운 안부

사월, 미시령에 눈이 온다

산발한 침엽수에 어둠이 내릴 때쯤

매운 눈보라가 괭이처럼 할퀴는 저녁

먼저 간 식솔을 냅다 목청껏 불러본다

함초롬 핀 눈꽃들이 압핀을 꽂은 듯이

거미줄에 매달린 마음을 찔러대니

오시던 봄날의 얼굴이 미간을 찡그린다

어둠이 아코디언을 연주한다

빗줄기 점점 굵어 유리창을 두드린다

하루를 끌어안고 그 탄식 게워내듯

서럽고
가난한 밤을
귀 닳도록 켜고 있는

허리가 휘게 우는 어둠 속 빗줄기는

옥탑방 주변으로 중얼대며 고여들다

가슴에
배 한 척 띄워
은유로 출렁인다

우울은 비를 부르고

거울 앞에 무릎 괴고
가슴을 쓸어보면

잔물결 출렁이는
저수지가 보인다

저문 날 다 젖은 노래가
휘청이며 맴돈다

유리창을 닦는 어둠
못 본 척 바라보니

주술처럼 칼춤처럼
빗방울이 자라나서

조각난 눈물을 게워
쓸쓸하게 잇고 있다

지붕 위를 걷다가

그러니까 바람 숭숭 불어오는 시월이다
낙산사 홍련암 용마루에 얹힌 마음
파도에 밀려온 바람 잘게 풀어 놓는다

기억의 작은 입자 떼 지어 몰려다녀
꼬리의 소문 물고 혹등고래로 들썩 운다
가으내 가슴 뜯어먹은 톱날 부리 새 같이

지붕 위로 내린 하늘 한참을 씹다보면
구름을 열고 나온 햇살을 목까지 덮고
찬바람 휘어진 마음, 동해 다시 흩뿌린다

술 취한 밤

창문 열고 달 조금씩 베어 먹고 있어요
낮 동안 절룩였던 마음 또한 허기지고
시간을 불러 앉히고 늑대처럼 울기도 해요

오늘은 어둠 결에 소슬바람 지나가서
그림자 울음 꽃이 툭툭 치고 있네요
단잠은 밀어낼수록 거짓말이 늘어가요

가만히 턱을 괴고 하늘을 바라보면
초승으로 변한 달빛 기웃한 나의 생이
숨겨둔 비밀을 찾느라 잠도 오지 않지요

생의 발자국이 물뱀처럼 지나간다
― 신지 명사십리明沙十里

해송 숲 울음통이 가지 끝에 걸려 있다

흩어진 날의 기억 조금씩 덮어가고

바람이
깃을 펼쳐서
모래를 덮는 소리

창백한 나를 씻기는 모랫바람 서너 줄기

햇빛에 살 베이듯 아슴하게 아려오면

바다에
뱉어 버린 노래
저녁놀로 밀려든다

어둠살이 집집마다 뚝뚝 내려 앉는다

저녁이면 달려오는 바람소리 들었다

왼종일 걸친 상흔 옷걸이에 걸어두고

그 껍질 하나씩 벗겨 제 사연을 듣는다

불을 켠 전등 아래 옹송그린 가슴들과

빨랫줄에 매달려서 흔들리는 그림자들

깊어진 가을밤들이 창 하나씩 만든다

만 갈래 여울의 봄

참꽃 지짐
부쳐가며
온산마다 봄이 온다

폐허의
노래로나
하얗게 지운 계절

동장군
건너갔다고
훔친 마음 놓고서

비가 내리니 작파하고

연휴 시작인데
폭우가 쏟아진다

누가 또 하늘 품으로
비 젖어 떠나셨나

베란다
문을 닫으며
빗줄기와 독작한다

막막한 하루 끝물
뿌옇게 흐린 가로등

시간을 엎어두고
전화기도 잠궈놓고

온몸에
번지는 취기
혀가 꼬인 얘기여

겨울숲은 혼자다

푸른 봄의 기억들 흰 눈으로 날아갔듯

눈을 반쯤 감으면 여름 가을 슬몃 지나

바람이 쓰다듬었던 숲길을 찾아간다

상한 것들 죄다 버린 견고한 날의 시간

어딘가 숨어버린 마음은 그냥 두고

발아래 쌓인 낙엽에 어둠을 풀어준다

개밥바라기

마흔 살 언니 시간은 유년으로 멈춰 있다
지석강 능주 한천 조금 더 가고파서
꿈결에 자전거 몰고 슬몃 혼자 간다는데…

철길 따라 걷다 보면 반짝이는 언니의 별

슬픔의 밀도가 너무 촘촘해 생의 편파적인 언니가 생
각난다 캄캄한 밤 반란의 열차 타고 초록의 세상을 향
해 간 어느 도시 외곽 산업체 방직공장, 거울 앞에 혼자
앉아 마냥 울었다던 언니의 편지는 늘 젖어 있었다 나
는 떨리는 눈꺼풀로 다 읽을 수 없어 활활 태워 풍등처
럼 날렸지 지금도 바람 타고 계속 가고 있을 내게 아름
다운 언니의 일기장을 들춰보면, 밤하늘 별들이 나타났
다가 사라진다 암병동 병상 침대 기대 나랑 눈이 마주
쳐 마음의 소리로 바랜 일기장을 넘긴다 독신주의자 별
자리는 밤하늘 어디쯤일까 너무나 침침한 방 커튼으로
햇살 가리고 감정을 누른 채 혼자 발버둥치며 슬픔의
세계는 보여주지 않았던 우리 언니

폐철길 외로이 앉아 가만 눈을 맞춘다

우쿨렐레 켜는 밤

갑자기 폭설이다 하늘문이 다 열렸다

설날 며칠 앞두고 차례 지낸 뒤 가족들을 집으로 다
보내고 아파트 베란다 밖 화단에 수북하게 핀 눈꽃들의
울음덩어리를 본다 여든의 어머니와 육십 고개 넘긴 아
들이 온 우주의 기운을 모아 한밤 내내 겨울강을 건널
때 술잔 속에 시가 채워지고 찬물빨래로 발갛게 언 손
을 얘기하고 마음 깊이 담아 놓았던 세월 타령을 꺼낸
다 약주가 술술 들어가니 몸뚱이 간지럽다 누군가 밤길
걷다 베란다 두드리나 유빙처럼 떠도는 창백한 이야기
눈은 걸쭉하게 퍼붓고 양쪽 무릎 수술한 노모가 우쿨렐
레를 켠다 저만치 세월 밀쳐내고 절뚝거리는 밤 저 가
슴에 슬픔이 쓰나미처럼 몰래 다녀갔을까 눈시울이 붉
어지는데 술기운에 안겨보는 품이 너무 깊다

마지막 몸부림 같은, 혁명 같은, 어머니 생

옥상에 올라

몇 개의 기억들을
구름에 얹어놓고

저녁이 부풀기 전
박하향 나팔을 불면

광활한
초원의 게르는
순간 불이 켜진다

새들의 지저귐

슬리퍼 끌고 와도 자연스런 북카페는

가시넝쿨 아파트를 탈출한 주부모임

커피에 취해도 보다
음악에 빠져도 보다

찌는 듯 폭염경보 한자리에 모인 새들

서로가 말없이도 암묵적 교감이다

내 안에 날아 온 새를
아내라고 부른다

3부

비양도 저녁

덧대고 찢긴 마음 여기서 달래려고

해거름 비양도행 철선에 무작정 올라

바다 끝 물이랑 따라 폐부를 헹궈낸다

생은 어느 구비라도 돌아보면 저녁이다

혀 짧은 울음들을 하늘에 총총 뱉으면

저만치 한치잡이 배, 불빛 속에 잠긴 섬

숨비기꽃

가난이 흘러내려 시커멓게 그을린 맘

자맥질에 이골이 난 어멍은 잠녀였다

몽돌밭 벗어둔 옷들
숨비기꽃에 가려지고

거친 바다 테왁 잡고 내뱉는 숨비소리

물속에서 활활 피는 그 꽃인지 모르지

저물녘 불턱에 기대
꽃들이 꽃을 먹는

신촌 이야기

어멍은 하반신을 움직일 수 없는데
요양원 요양병원 다 싫다 울부짖고
바다가 보이는 방문을 자꾸 열어 놓는다

어떤 날은 삼촌 불러 돌담을 걷어내고
새* 줄로 집의 몸을 얽어매라 이르신다
바람이 발톱을 세워 유리창을 긁는 저녁

어둠 무장 커지면 푸른 꿈결 바다에서
아흔 잠녀 빗창* 쥐고 숨비소리 내뱉는다
그 눈빛 물질을 하며 마지막 담는 바다

*새: 마른 풀잎으로 지붕을 만들고 해풍에 날아가지 않도록 얽어 맨 것
*빗창: 해산물 채취 도구

용눈이 오름

큰북을 두드리듯 세찬 비 퍼붓는다
분화구에 가득 채운 투명한 슬픔인가
한 컵씩 따라 마시는 어린 나를 만난다

저기 혼자 무릎 괴고 바다를 응시하는
소녀의 머리카락 미친 듯 날아다녀
격렬한 흰 문장으로 오름을 덮고 있다

눈동자에 아주 깊이 그날을 담아둔 채
긴 잠에서 깨어난 용모양 배를 탔다
용골이 점점 커지며 빗소리를 삼킨다

가을 한라산

산길은 오를수록 바람을 쥐어짠다

쉬이 부르고픈 노래라도 있는 듯이

단풍은 몸을 불살라 산 하나를 태운다

백록에 고인 울음 몸이 젖은 짐승처럼

햇살을 길어 올려 구름을 타고 있다

무수히 흩어진 꿈이 하늘하늘 피는 곳

겨울 비자림

54

큰눈이 쌓인 숲길
샛길 따라 첫발자국

아무도 모르는 이름
가만히 꺼내 들고

나무에
등을 기댄 채
목울음을
토했다

지샛개 주상절리

너의 마음 몸속으로 봄날이 당도했다
열흘 동안 끙끙 앓아 되짚어 읽은 사월
질펀한 기억 조각이 가슴팍을 내리치리

저 바닥을 긁어대며 떠오르는 물거품
한라산과 탐라 주위 긴 혀로 핥아주다
단단한 울음 기둥의 따개비를 떼어내리

무자년 수만 수천 슬픔의 돌을 쌓아
그 돌 속에 붉은 꽃이 피었다가 또 지더라도
밤눈을 깜박거리며 이름을 호명하리

소낙비 왔다 가니 마음결 더 심란해
밤바다를 맴도는 구슬픈 노랫가락
여전히 잠 못 든 영혼이 하늘로 올라가리

성산에 뜨는 달

오조포구 민박집 옥상 올라 바라보니
조금씩 항구 쪽은 어선들로 시끄럽고
잠 덜 깬 마흔의 삶을
바닷바람에 헹군다

성산봉 눈동자에 슬그머니 들어가
오랜 방랑 저렇게 해뜨기로 성큼 오면
얼마간 흐르는 눈물
바다로 내려간다

날 저물자 둥글어진 너를 몰래 품어안고
흩어진 얼굴들의 안부를 여쭤보면
먼 길을 찾아왔다고
갸륵하다, 날 비춘다

모슬포 봄밤

나를 불러 누워있는
해변의 별그림자

헐떡였던 하루살이
이것저것 다 실어 와

밀려온 파도에 얹혀
아주 멀리 보낸다

방파제 올라 서서
바람결에 마음 주면

들레는 바닷물에
볼륨은 높여지고

가등 밑 그물 깁는 삼촌
꽃이 져도 그대로다

엉또폭포*

밤마다 잠이 깨는 웃자란 여름입니다
까마득히 떠나 버린 그 가슴에 오롯 안겨
사랑은
다 말하지 않는 것
그대가 말합니다

주문 외는 당골네가 어둠으로 작두 타듯
사흘 내내 오는 비가 온몸을 적시는 사이
외사랑
날갯짓 따라
울음을 날립니다

벼랑 끝 곤두박질 한없이 쏟아내며
바다로 내려가는 시퍼런 눈물 줄기
기억은
나를 소환해
연비*를 새깁니다

*엉또폭포: 한바탕 비가 쏟아질 때면 자태를 드러내는 폭포
*연비聯臂: 연인끼리 사랑의 문신을 하는 것

쇠소깍 이야기

1
단숨에 흐린 하늘 삼킬듯이 이럴 때,
가려운 등 긁어주며 자장자장 눈 내린다
궁핍한 기억을 덮고 떼 지어 나래친다

탐라의 마음까지 더해지는 소나무숲
하늘 틈새 반란처럼 흰 꽃 다시 흩날린다
잔가지 날아온 새가 휘파람을 불어준다

2
봄햇살 하품하며 여우비에 젖는다
추적이는 빗줄기에 앞바다 바라보니
바람이 지날 때마다 엉겨 붙는 날이여

푸른 빛 오름마다 깊고 아린 벚꽃 냄새
혀로 닿는 꽃비가 소 가득 채워지면
가출한 마음 데불고 왁자하게 꽃이 핀다

3
그 소에 들어서면 악을 쓰고 울었다
하지에 어둠 몰래 들어가던 축축한 방
여름날 무장 내려가 어머니를 만난다

새벽 낯선 중년 사내 실직의 나날만큼
생각만큼 붉어지는 단풍이 찰랑댄다
멍하니 바위 앉으니 울컥하는 아버지 생각

4
속울음 감춘 물길 밀감빛 낙일이다
거친 기억들은 눈망울이 젖어있고
꽃 피운 봄이 갔다고 흰울음을 쏟았다

새들이 날아간다 이 한낮 불길 피해
절벽 아래 솔숲으로 보일 듯 말 듯하게
깜냥껏 소에 뛰어들어 몽환을 꿈꾸는 날

따라비오름

비바람이 그치자 담장 위 유리조각처럼
찢어지는 마음 위로 무지개 길게 떴다
내 눈물 말라가는 가을, 푸르르 반짝였다

코스모스 길을 따라 물컹한 태실 안에
조금씩 빨려 들어가 늙은 삼촌 마주한다
매일 밤 병실 침대에서 숨을 참고 우는 여자

겹담 산에 기대니 몸이 더 가벼워졌다
늙은 삼촌 뱃속에 풀썩 주저 앉으면
어디쯤 무자년 눈물이 빈칸을 채우려나

불새여, 다시 날아라

하늘 기침에 방풍림도 주저앉은 폭설이다 갈까마귀
동양화 한 점으로 걸려 있고 살가운 무덤을 향한 길들
이 사라진다

그리움 식지 않은 겨울의 한복판에, 여기 있다 받어
라 쌀점 치는 박수되어 엎드린 바람을 일으켜 가족묘
보러 간다

차갑고 쓸쓸한 도시의 밤공기처럼 적막이 출렁이며
서늘히 다가선다 저 가슴 뒤집어보면 4·3의 발자국들

곤을동*

무섭도록 고요하다
파도조차
잠든 이 밤

손 흔들며 물 위 걷는
수면 아래
낯선 이름

사월에 꽃 진 흐느낌
모래로
쌓여있다

*곤을동: 4·3 때 없어진 바닷가마을

금오름에 올라

어제는 앙칼스런 장대비에 갇혔어
자욱한 비구름을 알은체 손짓해도
불청객 쳐다보듯이 냉정히 돌아섰어

쓸 수 있는 카드를 저녁 내내 꺼내들고
목줄이 긴 해님을 내가 바짝 끌어당겨
영혼이 잠들지 않게 가슴팍에 풀었어

온몸에 돋은 깃털 작은 새로 날아올라
밤이 오기 전까지 마을을 휘돌더니
어느새 가벼워지고 초록 별에 닿았어

4부

바다에게
– 저물녘 1

선창 술집 마루에서
바다에 따르는 술

평생동안 상처받은
그 몸 속 고인 물이

어머니 눈빛만 같이
오래도록 붉습니다

저녁밥
– 저물녘 2

어둠 오는
길목에는
집집마다 저녁 연기

헝클어진
일상 접고
밥상을 마주한다

때로는
고단한 몸을
달래주는 더운 밥

폭설
― 저물녘 3

하늘의 용틀임에
무릎이 다 잠긴다

12월 달력 넘기듯
슬픔을 건너가면

처마 밑 고드름 아래
나를 함께 매단다

칸나
— 저물녘 4

지방도로
갓길에 핀
처연한 꽃 한 송이

말 없는
미소에도
슬픔이 새어 나와

암 병동
피울음 번져
눈가 젖은 언니 같다

시작노트
– 저물녘 5

마음 붓 고이 들어 너를 위한 시 쓰고파

구름이 지나가고
시간이 쌓여가고

하루가
구겨질까봐
종일토록 심란했어

밤의 능선
– 저물녘 6

수척한 몸을 끌고 넘어가던 검은 구름

어두워진 산기슭에 엎드려 누워 있다

이런 날
앞서간 사람
떠오르는 얼굴이라니

별리別離
– 저물녘 7

잘 가라 잘 가거라,
서로 술잔 돌리자

마음 두고 사라지는
하늘길이 보인다

내 눈 속
향기로운 당신
훌쩍 떠난 그 고샅길

불빛 한점
– 저물녘 8

눈 감으렴,
질긴 하루
나귀처럼 걸었구나

신발에
달라붙은
횡단보도 상점 간판

어스름
라이터 불빛
방안까지 환하다

은빛 생각
– 저물녘 9

아무 일도
없다는 듯
저문 바다 끌어안고

선착장을
걷다 보면
물 위에 비친 얼굴

한 생각
이뤄지라고
동전 던져 점친다

퇴근 무렵
– 저물녘 10

도시는 무법지대
외로움을 견디느라

편의점 의자에 앉아
맥주로 적시는 몸

누구는 소멸에 대한
뒷말을 이어 가고

낮은 적막
– 저물녘 11

가슴까지 다 내어준
고향의 시골 빈집

바람이 지붕 위로
연거푸 오르더니

꽉 다문 적막의 입술
신음조차 참는다

기차가 지나가는 동안
- 저물녘 12

불어터진 라면처럼
흐물거린
기억 저편

오래 전 그 얼굴이
부서진
노을처럼

조금씩 헛꿈을 덜어
철길 아래
뿌린다

자드락비
– 저물녘 13

봄날 송광사가
주룩주룩 젖고 있다

살짝만 건드려도
무너질 듯 연화대에

노승이
의자 앉아서
빗방울을 세고 있다

저수지에 함박눈이
- 저물녘 14

가여운 목을 빼고
누군가 울고 있다

어둠이 어둠 살을
조금씩 덧칠하며

앙상한 숲과 하늘을
눈발이 위로한다

아파트
– 저물녘 15

외출했던
그 하루가
간신히 문을 연다

베란다
창 너머로
하늘이 기웃기웃

세상을
돌아와 지친 발
푸근히 안아준다

모래언덕
– 저물녘 16

유랑의 무리 따라 혼자서 걸어간 길

눈물이 말라붙어 층층이 쌓여있다

노래가
저무는 능선
달빛 마냥 흐르고

마파람
– 저물녘 17

난데없이 네가 와서
목소리 흐려지고

빙빙 돌다 바위 앉아
슬쩍 상처 꺼내면

네 모습 그 후렴처럼
자꾸 귀를 적신다

절터에서
- 저물녘 18

솔밭 사이 부도탑을 쓸어안는 하늬바람

고요하고 나지막이 반짝이는 물빛따라

각주가 없는 끝인사, 엎드려 절을 한다

다비
― 저물녘 19

입가에 그 미소는
잘 여문 햇살 같아

장작더미 하늘 높이
길 하나 열고 있다

스님께
불 들어간다,
아뢰면서
타는 가을

애기무덤
— 저물녘 20

미안하다
미안하다
수십 번을 보듬으며

앙가슴 터지도록 어미가 울고있네

바람은
해 질 때까지
흐느끼는 비파소리

기억의 해안선에서 길어 올린 저물녘의 시학

― 박현덕 시집 『스노볼을 흔들면 당신이 떠오르고』

허희(문학평론가)

기억의 해안선에서 길어 올린 저물녘의 시학

— 박현덕 시집 『스노볼을 흔들면 당신이 떠오르고』

허희(문학평론가)

1. 삶의 현장과 얽힌 언어의 집

저녁 바다를 건너오는 바람처럼, 박현덕의 시는 오랫동안 현장의 먼지와 사람의 체온을 함께 실어 나르며 생의 허기진 머리맡에 도착해 왔다. 널리 알려진 대로 그는 지난 40여 년간 한국 현대시조의 정형 미학을 견지하며 소외된 자들의 곁을 지켜온 파수꾼이었다. 박현덕의 서정적 시 세계를 구축한 『겨울 삽화』와 『밤길』에서부터 노동과 소외의 면면을 응시한 『주암댐, 수몰지구를 지나며』와

『스쿠터 언니』에 이르기까지, 시인은 늘 변방의 삶을 향한 따뜻한 리얼리즘의 시선을 잃지 않았다. 2026년 봄에 도착한 이번 시집 『스노볼을 흔들면 당신이 떠오르고』 역시 일용직 노동자의 고단한 숨결이나 야근조의 바랜 기억을 소주잔에 곁들이는 퇴근길의 풍경을 벗 삼아, 그가 걸어온 생활 중심의 문학적 행보가 여전한 생명력으로 약동하고 있음을 증명한다. 이는 외부의 기록으로만 그치지 않는다. 예컨대 "안전화를 대충 씻고 늦은 밥을 한술"(「국밥 그릇」) 뜨는 장면은 지친 실존의 증언이자, 삶의 비애를 묵묵히 씹어 삼키는 고독한 진실에 뿌리내리고 있다.

시인의 발길은 『1번 국도』와 『겨울 등광리』를 지나 『와온에 와 너를 만난다』에 이르는 여정을 통해, 남도의 구체적 지명과 풍광을 사회적 서정의 영역으로 끌어올리는 성취를 이루기도 하였다. 이러한 장소성의 탐색은 이번 시집에서 더 심화되어, "지석강 능주 한천 조금 더 가고파서"(「개밥바라기」)라는 내밀한 유년의 표지로부터, 비양도와 용눈이 오름을 거쳐 바다의 거친 숨결이 느껴지는 섬의 광경에 이르기까지 세밀한 심상지리를 그려낸다. 주목할 점은 이전까지의 박현덕 시가 바깥의 풍경과 소외된 현장을 중심으로 사회적 연대와 저항의 율격을 조탁해왔다면, 이번 신작은 그 시선이 보다 안으로 굽어들어 내

면의 상처와 기억의 원형을 탐색하는 시적 변모를 보여
준다는 데 있다. 시인은 거대한 함성을 내지르기보다, "언
어의 집 창문을 열면 / 오래도록 따라오는 저물녘의 풍경
들"(「시인의 말」)을 향해 진지한 질문을 던지고, 단정한
시조의 리듬에 슬픔의 밀도를 촘촘하게 채워 넣는다.

그것은 인생이라는 깊은 우물을 들여다보는 그의 원숙
한 시선이자, 상처 입은 이들을 향해 건네는 나지막한 위로
의 전언이라 할 수 있다. 그러한 면에서 이 시집은 흔들리
는 스노볼 속 눈송이처럼, 흩어졌던 기억이 한데 모여 시
적 장면을 빚어내는 과정의 기록물이라고 할 만하다. 시인
은 스스로 "바다를 건너가는 목선 한 척"(「시인의 말」)이
되어, 보이지 않는 내일의 섬을 향해 노를 저어 간다. 견고
한 리얼리즘의 토대 위에, 개인의 상처가 저물녘의 빛을 받
아 피워내는 시적 결실은 시조라는 양식이 어떻게 오늘날
내면의 스펙트럼을 표상하는 그릇이 될 수 있는지를 보여
준다. "그 섬에 닿을 때까지 무릎을 껴안고 / 내일을 기다
려다"(「시인의 말」)는 다짐은 칠흑 같은 밤을 보내는 사람
들의 가슴에 불빛 한 점으로 남으리라. 이제 그가 열어젖힌
언어의 집 창 너머를 살펴보려고 한다.

2. 마모된 밑창 같은 생활

1부는 거칠고 비릿한 노동의 자리, 그곳에서 부유하는 단독자들의 고뇌를 들여다본다. 박현덕 시의 시선이 머무는 곳은 화려한 도시의 전면이 아니라, 가로등 불빛마저 잦아든 골목 끝 허름한 식당이나 공단의 탈의실 같은 변방의 공간이다. 시인은 존재의 근원을 잠식하는 비정규 노동의 압박감을 "종이상자 택배처럼 저만치 던져지는 / 일용직 세상살이"(「국밥 그릇」)라고 칭하고, 스스로를 사회의 부조리한 시스템 안에서 소모되는 익명의 개체로 형상화한다. 이러한 고립감은 물리적 장소의 문제가 아니라, 자본의 논리에 의해 인간의 존엄이 물신화되는 과정에서 발생하는 그림자를 반영한다.

가로등이 저물더니 세상도 고요하다
안전화를 대충 씻고 늦은 밥을 한술 뜬다
뼛속을 다녀간 바람,
숟가락에 올려지고

종이상자 택배처럼 저만치 던져지는
일용직 세상살이 한숨 섞인 비 내린다
바닥을 비운 국밥이

뜯겨나간 밑창 같다

어둠에 잠긴 식당 허름한 미닫이문
깔려있는 그을음이 아르르 저려 와서
웅크려 몸을 감싸며
내 어깨를 다독인다

─「국밥 그릇」 전문

　이 시에서 "바닥을 비운 국밥이 / 뜯겨나간 밑창 같다"
는 진술은 평생을 길 위에서 견뎌온 노동자의 생애가 마
모될 대로 마모되어 수선 불가능한 상태에 이르렀음을 자
각하는 비통한 인식의 발현이다. 국밥의 온기가 채 가시
기도 전에 대면하게 되는 빈 그릇의 바닥은 시적 주체가
온몸으로 버텨온 삶의 현장인 '안전화의 밑창'과 겹쳐 쳇
바퀴 같은 노동의 설움을 극대화한다. 이는 시적 주체가
대면한 "허름한 미닫이문"에 깔린 그을음처럼, 가난과 외
로움이 존재의 심연까지 저미어 들어옴을 증명한다. 국밥
그릇의 바닥을 보는 행위는 자신의 닳아버린 생의 임계
점을 응시하는 일로서, 시적 주체는 쓸쓸한 식탁에 앉은
나─우리의 어깨를 다독인다.
　노동이 결실이 아닌 자괴감을 불러일으키고, 점점

그러한 자신이 사회적 관계망에서 지워지는 "투명인
간"(「12월, 눈은 내리고」)이 되어버리는 현실. 시인은 여
기에 기술 문명의 기호를 도입하여 시조의 외연을 확장하
기도 한다. 같은 시에서 시적 주체는 파편화된 기억을 정
돈하기 위해 "물어나 볼까 챗지피티, 그에게"라고 읊조리
고, 인공지능이 부상하는 세계에서 인간의 고유한 사유와
감각마저 데이터의 파편으로 전락할지 모른다는 불안을
전한다. 고독은 타인의 부재에만 기인하지 않는다. 그것
은 "시침과 분침 사이 추억이 된 문장"조차 기계적 연산
에 의지해야 하는 디지털 시대의 새로운 생존 전략과 오
버랩된다.

「오토바이 몰고 밤거리를」에서 도시의 밤거리를 질주
하는 오토바이 굉음은 1부의 중요한 청각적 장치로 작
동한다. "도로에 박혀있는 문장에 밑줄 긋듯 / 폭주족 굉
음을 내며 바람에 올라탄다"는 시구는 시스템이 규정한
경로를 비껴 탈주하려는 몸부림이다. 그러나 질주가 멈
춘 자리에는 어김없이 "무성하게 자라나는 울음의 줄기"
와 "어둠에 익숙해지는 섬망증"이 시적 주체를 기다린
다. 한편으로 시인은 날이 저물 때마다 찾아오는 "시린 무
릎"(「긴 뱀이 달아난다」)의 고통에 시달리면서, "사랑하는
내 것들은 언제나 멀리 있지"와 같은 결핍을 곱씹는다. 이

때 "공장 일 마친 후에 담배를 길게 빨면 / 무섭게 밤을 업고서 하루가 지나간다"는 언술은 노동과 되풀이되는 밤의 공포가 어떻게 맞물려 있는지를 보여준다.

그럼에도 박현덕은 삭막한 현실의 틈새에서 시적 승화의 가능성을 포기하지 않는다. "가엾은 나의 슬픔은 / 무지개로 부푼다"(「옥상에 올라 비눗방울을 불었다」)에서 알 수 있듯이, 그는 비루한 현실을 환상적 이미지로 치환한다. "식빵 하나 뜯"는 초라한 저녁 뒤에 "밤바람에 그 슬픔이 무너지지 않도록 / 입으로 방울방울 끝없이" 불어내는 비눗방울은 소박한 치유의 의식이자 "망가진 하루"를 예술적 차원으로 재구성하려는 시도이다. 이와 같은 의지는 "현재형 아지트에 놀이터를 만드는"(「금요일의 퇴근버스」) 움직임으로 확장된다. 탈의실 벽을 두드리며 "톡 날리고" 소통하거나, "흔들린 물음표 지우며" 함께 웃는 이들의 모습은 차가운 시스템 안에서도 인간적 온기가 흐르는 자율적 공간이 창출됨을 드러낸다.

한편으로 일상의 정서를 자연과 기억의 원형으로 회귀시키며 시적 입체감을 더하기도 한다. "공복에 속 아프다 서까래가 움찔대고 / 상처에 젖은 술병 하나 둘씩 비워져"(「옛집에서 하룻밤」) 가는 밤은 상처투성이 자아가 마주하는 적막한 시간이다. 굴뚝으로 "영혼의 눈물, 하얗게 빠져나가는” 장면은 상실된 안식처를 향한 그리움을 시각화한다. 이때 “백발의 어머니가 나를 가만 껴안는” 꿈이나 “은발의 어머니가 물결 위로 걸어오”는(「겨울 바다, 밤 8시」) 이미지는 현실에서의 결핍을 위안받는 정신적 버팀목이 된다. 시적 주체는 그러한 편린들에 의지하여 “기억은 찬밥처럼 헤식게 풀어지고” 마는 순간을 버텨낼 내면적 힘을 비축한다.

시인은 “이제 더는 고요함을 사랑하지 않으리”(「자작나무숲에 내리는 눈」)라고 결심하고, 고통의 복판에서 울음을 토해내기도 한다. “과묵하게 견딘 날들 시간조차 잃어버려 / 저 바다 / 내부로 들어가 / 나 말없이 서 있”(「다시, 겨울바다」)는 행동은 어떤가. 그것은 필멸자가 취하는 서늘한 침묵이다. “뱃전을 / 때리는 파도 / 늑골 뼈가 시리다”. 하지만 시적 주체는 통증을 언어화함으로써 삶의 허무를 견뎌낼 작은 근거를 얻는다. 1부의 세계는 마모된 삶의 바닥에서 길어 올린 맑고 아픈 슬픔의 표식을 되새기고, 이를 역설적인 동력으로 삼아 내일로 나아가려는 에너지가 충돌한다.

3. 상처의 연금술—연민의 심부

2부는 1부에서 노정한 노동의 고단함이 개인의 가족사라는 심부로 침잠하여 어떠한 화학 작용을 일으키는지 탐색한다. 시인은 공단의 소음 대신 내면의 맥박에 귀 기울여, 생의 옹색한 그림자 뒤에 숨겨진 시린 면면을 하나둘 호명한다. 상처는 아프지만, 파괴된 흔적이나 지워야 할 얼룩만으로 받아들여지지 않는다. 이것은 자기를 깊게 파내려갈 수 있는 통로이자 새로운 생명력을 잉태하는 토양으로 정의된다. 2부의 주제 의식을 집약한 「상처도 꽃이 된다고」가 그러하다.

가으내 마음 우물 무장토록 깊어져서
혹독한 도시 생활 두레박이 빙빙 돈다
하루 끝 버스 유리창 옹색한 내 그림자

작업복에 내려앉은 시꺼먼 기억처럼
야근조 십 년째에 생각도 바래졌다
퇴근길 돼지국밥에 곁들인 소주 몇 잔

스프레이로 갈겨쓴 빛 좋은 행복 추구
귀 얇은 소문들을 술잔에 부어가며

꽃 필 날 있을 거라고 어머니께 띄운 안부

　　　　　　　—「상처도 꽃이 된다고」 전문

　이 시에서 "마음 우물"이 깊어지는 과정은 외부에서 가해진 고통을 수동적으로 인내하는 단계를 넘어, 그것을 내면화하여 성찰의 자양분으로 삼는 정신적 성숙과 연결된다. "혹독한 도시 생활 두레박이 빙빙 돈다"는 시구는 생존을 위해 길어 올려야 하는 일상의 무게가 가볍지 않음을 뜻한다. "야근조 십 년째"라는 시간이 노동의 양적 기간만을 가리키는 것은 아니다. 이것은 시적 주체의 생각을 닳게 하고, 기억을 시꺼멓게 물들인 소진과 결부된다. 시인은 작업복에 스며든 빛바랜 자취를 직시하면서, 자신의 존재가 시스템에서 서서히 탈색되고 있음을 뼈아프게 느낀다. 그러나 시인은 절망적 상황에 좌절하기보다, 그 자리에 "꽃 필 날 있을 거라"는 희망의 안부를 어머니에게 전한다.

　"상처도 꽃이 된다"는 아포리즘은 비참한 현실을 가리는 값싼 위로나 미봉책이 아니다. 이는 삶의 비극성을 숭고함으로 전복하려는 박현덕 시의 특징과 연관된다. 시인은 "스프레이로 갈겨쓴 빛 좋은 행복 추구"와 같은 표피적

위안을 거부한다. 대신 그는 퇴근길 소주 몇 잔에 섞이는 "귀 얇은 소문들"조차 삶의 일부로 받아들이면서, 아픔의 심연에서 비롯한 언어로 자기 구원의 길을 모색한다. 이 시는 안으로 피 흘리는 단독자가 본인의 심상을 꽃의 영토로 변모시키기 위해서, 얼마나 깊은 곳을 파 내려가야 하는지를 보여주는 연금술과 같다. 노동의 거친 손마디 사이로 피어나는 가냘프지만 끈질긴 생의 의지가 귀하다는 뜻이다.

또한 시인의 시선은 가계도를 포괄한, 타자들의 익명적 생애로 지평을 넓힌다. 이를테면 「개밥바라기」는 고도성장기 산업화의 역군—그늘이었던 방직공장 여공의 신산한 삶을 경유하여 한국 현대사의 굴곡진 상흔을 들여다본다. "산업체 방직공장, 거울 앞에 혼자 앉아 마냥 울었던 언니의 편지는 늘 젖어 있었다"는 시구는 개인의 서글픔이 시대의 폭력과 결합하여 어떻게 실존의 습기로 화化하는지를 증언한다. 시적 주체가 "슬픔의 밀도"를 다 헤아리지 못한 채 편지를 태워 풍등처럼 날려 보내는 행위는 상처의 기억을 우주적 성좌의 질서에 각인시키려는 제의적 성격을 띤다. 암 병동에서 사투를 벌이는 고독한 언니를 위해 밤하늘의 별자리를 수소문하는 배려. 이는 비정한 시대의 파고에서 "감정을 누른 채 혼자 발버둥치며 슬품의 세계는 보여주지 않았던" 이들을 위로한다.

가족사적 유대의 궤적은 「우쿨렐레 켜는 밤」에 이르러 고령의 어머니와 노년기에 진입한 아들이 나누는 교감으로도 나타난다. "여든의 어머니와 육십 고개 넘긴 아들"이 마주 앉아 술잔을 시로 채우면서 세월의 덧없음을 관조하는 장면은 박현덕 시가 지향하는 견딤의 뿌리가 혈연적 지층에 닿아 있음을 시사한다. "양쪽 무릎 수술한 노모가 우쿨렐레를 켠다"는 묘사는 쇠락한 육체와 창조적 생성이 교차하는 독특한 장면을 만들어 낸다. 물론 이것은 "마지막 몸부림 같은, 혁명 같은, 어머니 생"에 바치는 지극한 헌사이다. 더불어 가슴 밑바닥으로 "슬픔이 쓰나미처럼 몰래 다녀갔을" 혹독한 생애를 지나온 뒤에도 악기를 놓지 않고 "유빙처럼 떠도는 창백한 이야기"를 연주하는 인간에 대한 경탄이기도 하다.

2부의 시편들은 공간의 형이상학적 전위도 시도한다. 「지붕 위를 걷다가」에서 시적 주체가 "지붕 위로 내린 하늘 한참을 씹다 보면" 마주하는 햇살의 기적은 고단한 현실의 중력을 거스르려는 실존적 초월의 의지와 연결된다. 찬바람에 휘어진 자아를 동해 바다에 흩뿌리며 "낙산사 홍련암 용마루에 얹힌 마음"을 응시하는 행위는 세속의 번뇌를 자연의 무한한 질서에서 정화하려는 시적 결단으로 읽힌다. 「겨울숲은 혼자다」에서는 "상한 것들 죄다 버린 견고한 날의 시간"을 통과하면서, 낙엽에 자신을 투사하여 자아를 비워내는 형상화를 완성한다. 상승과 하강, 혹은 초월과 침잠이라는 대조적인 운동성을 통해 시인은 고독을 입체적으로 조명하며 실존의 다층적 구도를 설계한다.

이렇게 보면 박현덕이 구축한 2부의 키워드는 상처 입은 단독자들이 서로의 굽은 등을 다독이며 빚어낸 '비애의 공동체'라고 할 수 있다. 시인은 "조각난 눈물을 게워 / 쓸쓸하게 잇고"(「우울은 비를 부르고」) 있는 범속한 삶들을 긍정하고, 비 오는 날 "독작"(「비가 내리니 작파하고」)으로 비극적 세계를 견뎌낼 내면의 근육을 단련한다. 이를테면 "창문 열고 달 조금씩 베어 먹고 있어요"(「술 취한 밤」)라는 전언은 우주적 교감을 통해 내면의 허기를 채우려는 예식과도 같다. 연민에서 시작해 성찰로 수렴되는 2부의 정서는 한국 현대사의 극점이기도 한 제주도로 나아가기 위한 기반을 마련한다. 시인은 상처의 틈새로 세상을 읽어내고, 균열 사이에서 '꽃'의 가능성을 포착함으로써 리얼리즘의 서정을 견고하게 쌓는다.

4. 검은 돌담에 새긴 진혼곡

3부에서 박현덕은 개인의 내면과 가족사로 향했던 연민의 방향을 선회하여, 국가 폭력이 휩쓸고 간 공동체의 참혹한 상처를 응시한다. 시집에서 표상되는 제주의 바다와 바람은 한가로운 자연 풍광이 아니다. 수십 년 동안 발화되지 못한 채 억눌려 있던 망자들의 비명을 품은 기억의 저장소로 환기된다. 시인은 관광지로 소비되는 환상의 섬이라는 기호를 탈구축하고, 4·3이라는 야만적 사건이 섬의 지형과 주민들의 육체와 정신에 어떻게 화석처럼 굳어졌는지를 탐색한다. 개별자의 비애를 시대의 증언으로 확장하는 시도는 서사적 깊이와 역사적 책무를 감당하려는 문학적 분투의 산물이다. 아래 시가 3부에 드리워진 분위기를 집약한다.

무섭도록 고요하다
파도조차
잠든 이 밤

손 흔들며 물 위 걷는
수면 아래
낯선 이름

사월에 꽃 진 흐느낌
모래로
쌓여있다

—「곤을동」 전문

　이 작품은 토벌대에 의해 전소된 곤을동의 텅 빈 장소
성을 제재로 삼는다. "무섭도록 고요하다 / 파도조차 / 잠
든 이 밤"의 적막은 자연의 평화로운 상태가 아니다. 폭력
이 모든 생명 현상을 소거한 후의 진공 상태. 비장소의 공
포를 구현한다. 생명의 맥박을 상징하는 파도마저 잠든
밤바다에서 시적 주체가 마주한, "손 흔들며 물 위 걷는 /
수면 아래 / 낯선 이름"들은 무명의 희생자들이 존재의 승
인을 요구하며 귀환하는 유령론적 풍경이다. 그는 대상과
거리를 둔 관찰자에 머물지 않고 수면 아래 잠긴 손짓에
응답함으로써, 폭압에 의해 은폐된 부재의 흔적들을 현재
의 시간으로 끌어당긴다. "사월에 꽃 진 흐느낌 / 모래로 /
쌓여있다"면서 4·3의 참극을 낙화로 은유하고, 망자들의
통곡이 해변의 모래알 같은 물성으로 축적되어 있음을 지
시한다.
　감정을 배제한 객관적 상관물의 배치는 비극의 밀도

를 더한다. 더불어 시조 특유의 정형적 리듬이 내부에 요동치는 슬픔의 파동을 역설적으로 증폭시킨다. 민초들의 생애는 어멍(잠녀)으로 체현된다. "가난이 흘러내려 시커멓게 그을린 맘 // 자맥질에 이골이 난 어멍은 잠녀였다"(「숨비기꽃」)는 진술은 해류와의 사투가 생계유지―생존을 위한 투쟁이었음을 시사한다. 역사의 격랑에서 살아남은 자들이 감당해야 했던 노동의 형벌이 제주 바다와 조응하는 것이다. "거친 바다 테왁 잡고 내뱉는 숨비소리 // 물속에서 활활 피는 그 꽃인지 모르지"(「숨비기꽃」). 이와 같은 인식은 생사의 임계점에서 터져 나오는 숨결에 역사적 질곡을 견뎌낸 제주 민중의 응어리진 한과 생명력을 직조해 낸다. 숨비소리는 호흡의 연장을 넘어, 침묵을 강요당한 자들이 생명 활동의 형식을 빌려 토해내는 발화의 대체물이다.

육신의 훼손과 정신의 도약이 빚어내는 면면은 「신촌 이야기」에서 구체화된다. "어멍은 하반신을 움직일 수 없는데 / 요양원 요양병원 다 싫다 울부짖고"에 나타난 육신의 마비는 제주의 근현대사가 감내해야 했던 폭력의 후유증과 역사적 불구성에 대한 환유이기도 하다. 물리적 신체는 통제 불능의 상태에 놓여 있으나 생에 대한 의지는 소멸하지 않는다. "어둠 무장 커지면 푸른 꿈결 바다에서 / 아흔 잠녀 빗창 쥐고 숨비소리 내뱉는다". 이러한 시구는 현실의 구속을 초극하여 다시 심연으로 투신하는 에너지를 방증한다. 망각의 인력을 거슬러 과거의 유령들을 독자 앞에 호출하는 제의적 과정으로서, 파편화된 개인의 기억을 공동체의 역사로 승격시키는 장치라고 할 수 있다.

3부의 시편들은 인간의 폭력이 남긴 상흔을 대자연의 순환 질서와 연동하는 확장을 보여준다. 제주의 자연은 수동적 객체가 아닌, 역사의 참상을 증언하며 연대하는 능동적 주체이기도 하다. "큰북을 두드리듯 세찬 비 퍼붓는다 / 분화구에 가득 채운 투명한 슬픔인가"(「용눈이 오름」). 이 시에서는 오름에 내리는 폭우를 "투명한 슬픔"의 응집체로 치환하고, 대지가 인간의 비극을 공유하고 있음을 암시한다. 또한 절경으로만 여겨지는 주상절리를 "무자년 수만 수천 슬픔의 돌을 쌓아"(「지삿개 주상절리」) 올린 통곡의 묘비로 파악함으로써 애도의 제단으로 변모시킨다. 섬의 내밀한 상처의 단층으로 하강하여 그와 공명하려는 작품은 4부의 '저물녘 연작'이 펼쳐낼 생성과 소멸의 철학적 담론으로 이행하는 단단한 토대가 된다.

5. 소멸과 귀환의 시간

4부는 '저물녘'이라는 부제가 부여된 20편의 연작으로, 삶과 죽음의 순환이라는 보편적 존재론으로 사유를 심화한다. 저물녘은 자전하는 지구의 회전이라는 물리적 시간에 국한되지 않는다. 이는 상처 입은 개별자들이 삶에 가해지는 압력으로부터 대자연의 질서로 귀환을 준비하는 임계점으로 읽힌다. 연작의 서두를 여는 「바다에게」는 황혼의 바다를 응시하며 붉은 낙조에서 생의 기원을 발견한다. "선창 술집 마루에서 / 바다에 따르는 술"은 척박한 생의 격랑을 온몸으로 견뎌낸 뭇 생명들을 향한 헌주獻酒이다. 수평선을 물들이는 저녁의 붉은빛은 "평생동안 상처받은 / 그 몸 속 고인 물", 내상을 입은 존재들이 침묵하며 흘려보낸 피울음이 융기한 결과물로 해석된다.

그것은 이내 "어머니 눈빛만 같이 / 오래도록 붉습니다"라는 발화로 이어지면서 만물을 품는 심상으로 승화된다. 상실의 궤적이 위안의 층위로 전이되는 장면은 「저녁밥」에서 이어진다. "어둠 오는 / 길목에는 / 집집마다 저녁연기"가 피어오르고, 시적 주체는 "고단한 몸을 / 달래주는 더운 밥"을 마주한다. 더운 밥은 육신의 영양분 공급만이 아닌, 고단한 세계에서 삶을 영위하도록 돕는 근원적 온기로 작동한다. 또한 4부의 시편은 삶과 결부된 죽음의 이면을 직시한다. 박현덕은 죽음이 가져오는 물리적 소멸을 존재의 영구적 단절이나 허무로 규정하지 않는다. 대자연의 순환에 편입되는 해방의 기제—생사일여生死一如의 철학은 불가의 장례 의식을 차용한 「다비」에서 극점을 이룬다.

필멸의 육신을 불태워 자연으로 환원하는 다비식에서 시적 주체가 느끼는 것은 통속적 비탄이 아니다. 허물을 벗는 망자의 미소는 "잘 여문 햇살 같아" 충만한 결실의 이미지로 치환된다. 그래서 육신을 태우고 솟아오르는 연기는 허공으로 산화하는 대신, "장작더미 하늘 높이 / 길 하나 열고 있다". 죽음이 닫힌 결말이 아니라 새로운 차원으로 진입하는 통로임을 역설하는 것이다. "스님께 / 불 들어간다, / 아뢰면서 / 타는 가을"의 결구는 종교적 장례 의식과 단풍으로 붉게 타오르는 계절의 추이를 동일선상에 올려놓는 근사한 상상력이다. 개별자의 죽음은 계절의 순환으로 포개지면서, 소멸 과정 자체를 무구한 자연 현상으로 긍정하는 태도를 취한다. 그러나 시인은 아무리해도 끝내 다 지워낼 수 없는 아득한 비애를 끝까지 응시한다.

미안하다
미안하다
수십 번을 보듬으며

앙가슴 터지도록 어미가 울고있네

바람은
해 질 때까지
흐느끼는 비파소리

—「애기무덤 —저물녘 20」 전문

　새끼를 잃은 어미가 무덤을 부여잡고 "앙가슴 터지도록 어미가 울고있네"라며 쏟아내는 통곡은 앞선 제의적 초월에도 불구하고 엄연히 작동하는 고통의 실체를 환기한다. 시적 주체는 인간의 상실을 형이상학적 언어로 섣불리 봉합하려 들지 않는다. 참척은 어떤 논법으로도 상쇄될 수 없는 절대적 결여이기 때문이다. 종장에 이르러 어미의 피울음은 바람 소리로 융해된다. 이는 슬픔을 인위적으로 절단하려는 폭력적 태도가 아니다. 세계의 기저에 깔린 비극성을 껴안으면서 자연의 선율과 공명시키는 서정적 성취이다.

박현덕은 저물녘 연작에서 생성과 소멸의 틈새를 횡단하는 원숙한 시적 사유를 전개한다. 그는 다가오는 어둠을 도피의 대상으로 삼지 않고, 심연으로 걸어 들어가 상처 입은 세계를 씻어내는 의식을 집행한다. 현대 시조의 형식은 이와 같은 방대한 철학적 사유와 격렬한 비애가 범람하지 않도록 하는 제방의 역할을 수행하고, 함축성을 지향하는 언어의 조탁을 통해 시적 의미를 다층화하는 데 성공한다. 『스노볼을 흔들면 당신이 떠오르고』는 현실의 누추함에서 출발하여 역사적 트라우마를 관통하고, 삶과 죽음의 입체성을 다양하게 포착하는, 치열해서 서글프고 아름다운 시적 도정이다.